एक कसक

एक चाहत जो अधूरी रह गयी

अरुण राज

ISBN 979-888555838-9

यह पुस्तक प्रेम को समर्पित करते हैं

क्यों कि प्रेम ऐसी दुनिया है जहाँ जाति वर्ग नहीं होता है.

सिर्फ प्रेम ही ऐसा साधन मात्र है

जिससे हम संसार में जीत हासिल कर सकते हैं
यहाँ लेखक ने तीन दृश्य दिखाए हैं जिससे यह शाबित होता है

की कैसे प्रेम करने वालों ने प्रेम को सर्वोपरि दिखाया है

हर कहानी में प्रेम का न्य आयाम प्रदर्शित किया गया है

तीसरे दृश्य में तो एक लड़की जिसके लिए प्यार एक दुश्मन था

जब वह पढाई कर रही थी उसे प्रेम हुआ और वह अपने प्रेम और शिक्षा

दोनो को बराबर ले के चली

और जैसे ही रुचिका ने मुझे चार लड़कियों के साथ देखा

वो मुझसे नफरत करने लगी

और वैभव के साथ शादी कर खुस रहने लगी

और रुपेश ने अपनी अलग दुनिया बना ली और उसी में खुश रहने लगा।

और अनतता वैभव और रूचि एक दूसरे के लिए बने थे

और रुपेश अपनी दुनिया में खुश था

और फिर रुपेश ने अपनी आप बीती ख़त्म की

और वह ठीक होकर घर गया और मई अपनी पत्नी के साथ घर लौट आया

मैंने रुपेश की प्रेम कहानी में समझा की किस तरह रुपेश ने

अपनी मोहब्बत का दम तोड़कर किसी के लिए प्यार जिन्दा रखा
और इस तरह से हर दृश्य में प्रेम के अलग दर्शन मिलते हैं...

क्रम-सूची

प्रस्तावना

न जाने दिल क्यों आस पाले बैठा है कि आज फिर आएगा और
पसीना सुखाने के लिए उसी खिड़की के पास बैठेगा।
एक सफर वो था जिसमे कोई #हमसफ़र था।
एक सफर आज है जिसमे उसकी यादें हमसफ़र है।
बाकी जिंदगी का सफर जारी है देखते है कौन मिलता है
कौन साथ छोड़ता है...!!!

यहाँ लेखक ने तीन दृश्य दिखाए हैं जिससे यह शाबित होता है की कैसे प्रेम करने वालों ने प्रेम को सर्वोपरि दिखाया है

हर कहानी में प्रेम का न्य आयाम प्रदर्शित किया गया है

तीसरे दृश्य में तो एक लड़की जिसके लिए प्यार एक दुश्मन था

जब वह पढाई कर रही थी उसे प्रेम हुआ और वह अपने प्रेम और शिक्षा

दोनो को बराबर ले के चली

और जैसे ही रुचिका ने मुझे चार लड़कियों के साथ देखा

वो मुझसे नफरत करने लगी

और वैभव के साथ शादी कर खुस रहने लगी

और रुपेश ने अपनी अलग दुनिया बना ली और उसी में खुश रहने लगा।

और अनतता वैभव और रूचि एक दूसरे के लिए बने थे

भूमिका

मई जब यात्रा करता हु तो मुझे कुछ ऐसे विषयों पर सोचने का मौका मिलता है

जैसे मोहब्बत ,बात अगर की जाये संजीव की तो संजीव एक ऐसा पात्र है

जो लड़की के अट्रैक्शन से प्रभावित हो जाता है और मन ही मन ख़याली

पुलाव बनाने लगता है

जैसे जैसे टाइम गुजर रहा था तनय संजीव एक दूसरे के लिए ही जीने लगे थे

उनकी मोहबत सिर्फ जिस्म तक की नहीं थी उनकी मोहबात उसमें भीगे पंछियों की तरह थी

जिसे ये पता था की हमे दुनिया में खुद को साबित कर के प्यार हासिल करना है

जैसे जैसे साल गुजरा तान्या एक मल्टीनेशनल कंपनी में प्लेस्ड हुई और

संजीव दुबई चला गया तीन साल के बाद जब संजीव आया

तब तक तान्या की सगाई होने वाली थी और तान्या ने ये बात घर वालो को बताई तो घर

वाले राज़ी हो गए और उन दोनों की शादी हो गयी

मगर शादी के दो साल हुए थे की संजीव को एक लड़की से अट्रैक्शन हो गया

उसको पाने की छह में उसने तान्या को इग्नोर करना शुरू कर दिया

और जैसे जैसे उस से नज़दीकियां बढ़ने लगी तान्या दूर होती गयी

1

बेहद्द इन्तहां

ये बात उन दिनों की है जब हम कॉलेज में पढ़ा करते थे ,

और उस दौरान मेरा कॉलेज बंद हो जाता है और हम घर आ जाते हैं

हम उस दौर की बात कर रहे हैं जब कोरोना अपने पेर हिन्दुस्तान में फैला चूका था

हमारे हाथ में एक स्मार्ट फ़ोन तो था लेकिन बोरियत ने जगह बना ली थी

हम अपनी बोरियत को दूर करने के लिए डेटिंग अप्प चलने लगे और

हमको एक लड़की मिलती है जिसका नाम था बरखा ,

बरखा पंजाब की रहने वाली थी बरखा एक कॉलेज में पीएचडी की स्टूडेंट थी

हम दोनों ने अपने बारे में बताया और बातचीत शुरू हुई और

एक वक़्त तब आया जब मुझे लगा अब बात ख़त्म हो जाएगी

वो वक़्त था १२ बजे का मई एक ऐसी लड़की से बात क्र रहा था

जिसे हम जानते तक नहीं थे और वो वक़्त हक़ीक़त में तब बदल गया

जब मैंने उससे पूछा की अपनी फोटो भेजो और ,मुझे लगा की सब ख़तम ,

लेकिन उसका रिप्लाई आया

ठीक है ,फिर मेरे हिम्मत आई और मैंने आगे बात जरी राखी और

धीरे धीरे हम रातों घंटो बात करते थे बातों में कुछ खास नहीं कभी

अपने दोस्तों की कहानियां कभी उनकी उनकाही मोहब्बत की किस्से ,

धीरे धीरे हम कब अच्छे दोस्त बन गए हमे पता ही नहीं चला

धीरे धीरे उससे हमे प्यार हो गया लेकिन हम डरते थे उससे कहने में ,

लेकिन हमने इज़हार भी कर दिया था और हमे रिलेशनशिप में रहते ३ साल भी हो गया था

और अब हम जॉब करते भी २ साल हो गए थे वो भटिंडा में लेक्चरर थी

और हम सॉफ्टवेयर इंजीनियर थे जब भी चंडीगढ़ जाते थे अज्जिब सा लगता था

वसे हम कई बार चंडीगढ़ गए थे लेकिन उस बार जो उत्साह था

वो मुझे भी नहीं पता था की क्यों है लेकिन जैसे जैसे मेरी गाड़ी मीरुत से सहारनपुर होते हुए

आगे बढ़ने लगी मेरे दिल की धड़कन बढ़ने लगी और

इस पुरे सफर में मुझे उससे की हुई हर बात याद आने लगी और

फिर हम बरखा से मिले और हम प्यार का इज़हार किये और

वो कहने में हिचकाचै मगर हम दोनों ने इज़हार किया और

धीरे धीरे हम दोनों ने मिलने का सिलसिला जारी रखा और

मेरी मोहब्बत मेरे दिल के करीब होकर भी दूर थी और

मैंने चंडीगढ़ ही जॉब शुरू कर दी थी और हमारी शादी को घर वाले भी मान गए थे

और हम खुस नसीबी से जीवन काट रहे थे बात दरअशल उन दिनों की है

जब हम चंडीगढ़ बरखा के साथ जा रहे थे

और बरखा को देखकर बहुत प्यार आ रहा था और

बरखा के उड़े हुए बाल आज भी उस वक़्त की याद दिलाते थे

जब उससे पहली बार मिला था मई यूँ ही बरखा के बीते खयालो में डूबा ही था

की एक लड़की ट्रैन में आई और मेरे बगल में आकर बैठ गयी

मेरा ध्यान उसकी तरफ नहीं गया आखिर में उसने मुझे टोक ही दिया

और जब मैंने पूछा आप कौन तो उसने मुझसे कहा पहचान लो।

जब मैंने उसे गौर से देखा तो वो मुझे मेरी कॉलेज फ्रेंड रुचिका जैसी लगी

और मेरी कोपलेगे वाली बात शुरू हो गयी तब उसने मुझसे रुपेश के बारे में पूछा

तो मैंने उसे रुपेश को बताया की रुपेश मेरी बात नहीं हुई

पिछले पांच साल से शायद वो अब जम्बू शिफ्ट हो गया है उसने मुझे बताया था

की वो अब सेबों का व्यापर करने लगा है ,पता है तुमको जब मेरी बात हुई थी

तो उसने तुम्हारा जिक्र किया था मई बरखा की दोस्त की शादी में मिला था और

मैंने वो वाक्याना सुनाना शुरू कर दिया

एक आवाज सुनाई दी

हेलो सक्सेना जी

मैंने उस आवाज़ को अनसुना कर दिया

और आगे बढ़ गया

मुझे फिर वही आवाज़ सुनाई दी , फिर मैंने पीछे मुड़कर देखा

तो मुझे मेरा कॉलेज फ्रेंड रुपेश दिखाई दिया।

ये संस्मरण उन दिनों का है

जब मैं अपनी पत्नी बरखा के साथ उसकी सहेली की शादी में मुरादाबाद गए हुए थे

आपको बताते चलें की बरखा से मेरी शादी को ६ साल हो गए थे

वो आर ० एस ० जी ० यू ० कॉलेज में प्रवक्ता है।

जब मैं शादी में उसकी सहेली से मिला

तो उनके मजाक ने हम लोगो को एक मं भी शांत नहीं रहने दिया।

तभी मेरी मुलाकात रुपेश से हुई।

और फिर हमारी बातचीत शुरू हो गयी
हे रुपेश
कैसे हो
क्या हो रहा आजकल
उसने कहा सब ठीक है
बहुत दिनों के बाद मिल रहे हैं हम
मैंने कहा ,"हाँ भाई ,आजकल कहाँ रह रहे हो। "
उसने बताया :
वह आजकल मेरठ है ,वह मल्टी सॉफ्टवेयर कंपनी का मालिक है.
उसने मुझे अपने घर बुलाया ,लेकिन मेरे कई बार मन करने पर भी वह मुझे अपने घर ले गया ,
आखिर मुझे जाना पड़ा।
मई बरखा के पास गया और उसे बताकर रुपेश के साथ चल दिया.
जब हम उसके घर पहुंचे
उसका घर सफ़ेद संगमरमर से सुनहरा चमक रहा था
जैसे मई घर के अंदर घर में गया मुझे लगा जैसे ताजमहल में आया हु
उसने आइस निकली और शराब के दो पैक बनाए और एक एक पैक पिए
मई जैसे ही तीसरा पैक ख़त्म किया रुपेश आठ पैक लगा के बाथरूम गए और
वहीँ गिर गए और हम उन्हें लेकर आनंद हॉस्पिटल ले गए
और सुबह उसको होश आया।
मैंने उससे पूछा ,"वह अब ठीक है "
उसने कहा की अब मैं अच्छा महसूस कर रहा हूँ
डॉक्टर ने जांच के लिए रुचिका लैब पैथोलॉजी जाने को कहा /
अब उसे जाँच के लिए ले जाना था
जैसे ही मई ने उससे रुचिका लैब चलने को कहा
वो अजीब तरह से देख रहा था जैसे किसी काल्पनिक ख्वाब में हों
पूछा की क्या हुआ रुचिका नाम लेते ही तुम कहाँ खो गए ?

मैंने उससे पूछा ,"वह अब ठीक है "

उसने कहा की अब मैं अच्छा महसूस कर रहा हूँ

डॉक्टर ने जांच के लिए रुचिका लैब पैथोलॉजी जाने को कहा /

अब उसे जाँच के लिए ले जाना था

जैसे ही मई ने उससे रुचिका लैब चलने को कहा

वो अजीब तरह से देख रहा था जैसे किसी काल्पनिक ख्वाब में हों

पूछा की क्या हुआ रुचिका नाम लेते ही तुम कहाँ खो गए ?

तब उसने बताया कि रुचिका एक लड़की थी जिससे मई बेहद प्यार करता था

फिर मैंने उससे पूछा कि ये कब और कैसे हुआ।

तो उसने बताया की यह उन दिनों की बात है जब हम मेरठ से इंजीनियरिंग की पढाई कर रहे थे।

मई कंप्यूटर साइंस का स्टूडेंट था और वह इलेक्ट्रॉनिक्स की स्टूडेंट थी। तब

मैं रुचिका से पहली बार मिला था मुझे मेरी दोस्त चांदनी ने मिलवाया था ,

चांदनी बिजनौर की रहने वाली थी वह मेरी अच्छी दोस्त थी.

कहने को तो हम इंजीनियरिंग स्टूडेंट थे

लेकिन हम कभी कभई बच्चों की तरह व्यवहार करते थे।

हम तीनो लोग घंटो पार्क में कभी कॉलेज में गपसप में व्यस्त रहते थे

गरिमा बहुत ही सुन्दर लड़की थी जितना की मर्चेंट ऑफ़ वेनिस की पोरशिया।

वहमेरठ के पास अमरोहा की रहने वाली थी उसके पिता जी डॉक्टर थे

मेरे हिसाब से कॉलेज की सबसे अच्छी लड़की थी।

कभी कभी हम दोनों घंटो पार्क में बैठे बैठे गुफ्तगू करते रहते थे

और बहुत जल्द हम दोनों अच्छे दोस्त बन गए

मुझे उसका साथ बहुत अच्छा लगता था वह सभी दोस्तों में मुझे सबसे ज्यादा प्रायोरिटी देती थी

वह मुझे एक लवर किओ तरह बकरे करती थी

लेकिन मई उससे अपने दिल की बात कहने से डरता था।

वो अक्सर इस टॉपिक में बात करने से मन कर देती थी और टॉपिक चेंज कर देती थी।

और वह कहती थी कि ,मैं तुम्हारी सबसे अच्छी दोस्त हूँ।

एक साल की पढाई ख़त्म होते होते वह मेरे बहुत करीब आ गयी।

एक दिन मैंने डरते डरते उससे कह ही दिया कि तुम मुझसे प्यार करती हो की नहीं .

उसने कहा,"जाने दो रुपेश ,मैं तुम्हारी अच्छी दोस्त हु न कि लव."

उसे ,आई लव यूं ,कहने में हिचक थी.

और कुछ दिन बाद हमने एक प्रोग्रामिंग क्लॉस ज्वाइन कर ली

जहाँ हम वैभव से मिले जो SCRIET में पढता था बहुत ही जल्द वो मेरा अच्छा दोस्त बन गया.

एक दिन मई और रुचिका सुबह ५ बजे कैंपस में टहल रहे थे

और वहां वैभव भी आ गया मैंने रुचिका को वैभव से मिलवाया

और आपस में हसी मजाक करने लगे,

और कभी कभी मैं रुचिका और वैभव बहार नास्ता करने ज़ाते थे

और रुचिका वैभव के बेकार जोक्स पर स्माइल देती थी

जो मुझे अच्छा नहीं लगता था और एक दिन रुचिका से बोलै की मुझे तुम्हारा

और वैभव का इतना क्लोज आना अच्छा नाहीउ लगता है.

तो रुचिका बोली अरे रुपेश वो तुम्हारा अच्छा दोस्त है इसमें टेंशन की क्या बात है ,

कहकर पल्ला झाड़ देति है.

छठवें सेमेस्टर में हम ट्राइंग के लिए बहार गए

जिसमे रुचिका और वैभव साथ गए और मैं और चांदनी साथ गए..

. मई रुचिका से दिल की बात कहना चाहता था

लेकिन हमारा उससे कोई संपर्क नहीं हो सका और वैभव और रुचिका

एक दूसरे के इतने करीब हो गए की रुचिका मुझे सामने देखकर इग्नोर करने लगी.

मई रुचिका से बेहद प्यार करता था और दिल की बात बताना चाहता था

एक दिन हिम्मत जुटाकर मैंने उससे कहा तो वोह मन करके वैभव के साथ टाइम एक्सपैंड करने लगी,

धीरे धीरे वैभव IIT से mba करने चला गया और मई जॉब के लिए स्ट्रगल कर रहा था।

और इसी दौरान मैंने अपनी पुरानी पुस्तैनी जमीन बेचकर एक कंपनी बनाई

और कई साल स्ट्रगल किया

और मई समझ गया था की आज मेरे पास कुछ न यही है तो वो मेरे साथ नहीं है.

और धीरे धीरे मेरी कंपनी अच्छी नामचीन हो गयी,

समय के साथ वैभव एक कंपनी में जॉब ले के रुईचिका के साथ रिलेशन शिप में रहने लगी.

और काम की वजह से वैभव अब रुचिका से ज्यादा टच में नहीं रहता था

धीरे धीरे रुचिका परेशां रहने लगी...

दिन मैंने रुचिका को कॉल किया

और बात की तोह रुचिका बोली

आप तोह बड़े आदमी हो गए और हमारा बातचीत होता रहा

और हम दोनों ने बात ख़तम करके फ़ोन रखा.

और बहुत ही जल्द हमारी कंपनी ग्रो कर गयी

और मैंने बबलक मर्सेडीएस कार खरीदी ,

और बहुत ही जल्द हमारी रुचिका से बहुत बातें होने लग

और रुचिका एक दिन बताती है की वैभव मेरे साथ टाइम एक्सपैंड नहीं करता

और ज्यादा टाइम बिजी रहता है.

और धीरे हम दोनों फिर टाइम एक्सपैंड करने लगे

और फिर मूवीज देखने सतह में थिएटर जाने लगे

हमारा रुचिका का शॉप्रिक्स मॉल में जाना होता रहता था एक दिन की बात है

की हम दोनों होइतेल हारमनी में रुके और दारू पी

और मई बहुत नशे में था और वो भी नशे में थी

उसने ग्रीन कलर की सदी और स्लीवलेस और बैकलेस ब्लाउज पहना था

और वो मेरे करीब सोफे पे बैठ गई और मुझे प्यार से देखने लगी

और मुझसे बर्दास्त नहीं हुआ और उसे किश करने लगा

और उसने मन नहीं क्या और मुझे ऐसा लगा

उस दिन जैसे मुझे मेरे सपनो की अप्सरा मिल गई हो

उस दिन हारमनी होटल में बिताए गए पल को हम दोनों भूल नहीं पाए

और धीरे जब वैभव का पता चला तो मुझे आत्मा ग्लानि होने ;लगी

और मैंने वैभव और रुचिका को मिलवाने की फिर ठान ली

और एक दिन मैंने रुचिका को बुलाया और उसी दिन चार कॉलगर्ल बुलाई

और मैंने जान भूझकर दरवाजा खुला कर था

और जैसे ही रुचिका ने मुझे चार लड़कियों के साथ देखा

वो मुझसे नफरत करने लगी

और वैभव के साथ शादी कर खुस रहने लगी

और रुपेश ने अपनी अलग दुनिया बना ली और उसी में खुश रहने लगा।

और अनतता वैभव और रूचि एक दूसरे के लिए बने थे

और रुपेश अपनी दुनिया में खुश था

और फिर रुपेश ने अपनी आप बीती ख़त्म की

और वह ठीक होकर घर गया और मई अपनी पत्नी के साथ घर लौट आया

मैंने रुपेश की प्रेम कहानी में समझा की किस तरह रुपेश ने

अपनी मोहब्बत का दम तोड़कर किसी के लिए प्यार जिन्दा रखा।

फिर मैंने बताया की रुपेश अब बाप बन चूका है और उसकी शादी बरखा
की फ्रेंड नेहा से हुई है वो भी तुम्हारी तरह है
दिखने में इस वजह से रुपेश मान गया और
सुखी जीवन जी रहा है

2

कसक

कसक वो मोहबात के जज्बात है जो दिल में ही रह जाते है ,

वो कहना तो चाहते हैं दिल की बात लेकिन वो कह नहीं पाते

इसे कहते है चाहत ,

ट्रेन चलने को ही थी कि अचानक कोई जाना पहचाना सा चेहरा

जर्नल बोगी में आ गया। मैं अकेली सफर पर थी। सब अजनबी चेहरे थे।

स्लीपर का टिकिट नही मिला तो जर्नल डिब्बे में ही बैठना पड़ा।

मगर यहां ऐसे हालात में उस शख्स से मिलना।

जिंदगी के लिए एक संजीवनी के समान था।

जिंदगी भी कमबख्त कभी कभी अजीब से मोड़ पर ले आती है।

ऐसे हालातों से सामना करवा देती है

जिसकी कल्पना तो क्या कभी ख्याल भी नही कर सकते ।

वो आया और मेरे पास ही खाली जगह पर बैठ गया।

ना मेरी तरफ देखा। ना पहचानने की कोशिश की।

कुछ इंच की दूरी बना कर चुप चाप पास आकर बैठ गया।

बाहर सावन की रिमझिम लगी थी। इस कारण वो कुछ भीग गया था।

मैने कनखियों से नजर बचा कर उसे देखा।

उम्र के इस मोड़ पर भी कमबख्त वैसा का वैसा ही था।

हां कुछ भारी हो गया था। मगर इतना ज्यादा भी नही।

फिर उसने जेब से चश्मा निकाला और मोबाइल में लग गया।

चश्मा देख कर मुझे कुछ आश्चर्य हुआ।

उम्र का यही एक निशान उस पर नजर आया था कि आंखों पर चश्मा चढ़ गया था।

चेहरे पर और सर पे मैने सफेद बाल खोजने की कोशिश की मग़र मुझे नही दिखे।

मैंने जल्दी से सर पर साड़ी का पल्लू डाल लिया। बालो को डाई किए काफी दिन हो गए थे मुझे।

ज्यादा तो नही थे सफेद बाल मेरे सर पे। मगर इतने जरूर थे कि गौर से देखो तो नजर आ जाए।

मैं उठकर बाथरूम गई। हैंड बैग से फेसवाश निकाला चेहरे को ढंग से धोया

फिर शीशे में चेहरे को गौर से देखा। पसंद तो नही आया मगर अजीब सा

मुँह बना कर मैने शीशा वापस बैग में डाला और वापस अपनी जगह पर आ गई।

मग़र वो साहब तो खिड़की की तरफ से मेरा बैग सरकाकर खुद खिड़की के पास बैठ गए थे।

मुझे पूरी तरह देखा भी नही बस बिना देखे ही कहा, " सॉरी, भाग कर चढ़ा तो पसीना आ गया था ।

थोड़ा सुख जाए फिर अपनी जगह बैठ जाऊंगा।" फिर वह अपने मोबाइल में लग गया।

मेरी इच्छा जानने की कोशिश भी नही की। उसकी यही बात हमेशा मुझे बुरी लगती थी।

फिर भी ना जाने उसमे ऐसा क्या था कि आज तक मैंने उसे नही भुलाया।

एक वो था कि दस सालों में ही भूल गया। मैंने सोचा शायद अभी तक गौर नही किया।

पहचान लेगा। थोड़ी मोटी हो गई हूँ। शायद इसलिए नही पहचाना। मैं उदास हो गई।

जिस शख्स को जीवन मे कभी भुला ही नही पाई उसको मेरा चेहरा ही याद नही,

माना कि ये औरतों और लड़कियों को ताड़ने की इसकी आदत नही मग़र पहचाने भी नही,

शादीशुदा है। मैं भी शादीशुदा हुँ जानती थी इसके साथ रहना मुश्किल है

मग़र इसका मतलब यह तो नही कि अपने खयालो को अपने सपनो को जीना छोड़ दूं।

एक तमन्ना थी कि कुछ पल खुल के उसके साथ गुजारूं। माहौल दोस्ताना ही हो मग़र हो तो सही,

आज वही शख्स पास बैठा था जिसे स्कूल टाइम से मैने दिल मे बसा रखा था।

सोसल मीडिया पर उसके सारे एकाउंट चोरी छुपे देखा करती थी।

उसकी हर कविता, हर शायरी में खुद को खोजा करती थी। वह तो आज पहचान ही नही रहा,

माना कि हम लोगों में कभी प्यार की पींगे नही चली। ना कभी इजहार हुआ।

हां वो हमेशा मेरी केयर करता था, और मैं उसकी केयर करती थी।

कॉलेज छुटा तो मेरी शादी हो गई और वो फ़ौज में चला गया।

फिर उसकी शादी हुई। जब भी गांव गई उसकी सारी खबर ले आती थी।

बस ऐसे ही जिंदगी गुजर गई।

आधे घण्टे से ऊपर हो गया। वो आराम से खिड़की के पास बैठा मोबाइल में लगा था।

देखना तो दूर चेहरा भी ऊपर नही किया,

मैं कभी मोबाइल में देखती कभी उसकी तरफ।

सोसल मीडिया पर उसके एकाउंट खोल कर देखे। तस्वीर मिलाई।

वही था। पक्का वही। कोई शक नही था।

वैसे भी हम महिलाएं पहचानने में कभी भी धोखा नही खा सकती।

20 साल बाद भी सिर्फ आंखों से पहचान ले,

फिर और कुछ वक्त गुजरा। माहौल वैसा का वैसा था। मैं बस पहलू बदलती रही।

फिर अचानक टीटी आ गया। सबसे टिकिट पूछ रहा था।

मैंने अपना टिकिट दिखा दिया। उससे पूछा तो उसने कहा नही है।

टीटी बोला, "फाइन लगेगा"

वह बोला, "लगा दो"

टीटी, " कहाँ का टिकिट बनाऊं?"

उसने जल्दी से जवाब नही दिया। मेरी तरफ देखने लगा। मैं कुछ समझी नही।

उसने मेरे हाथ मे थमी टिकिट को गौर से देखा फिर टीटी से बोला, " कानपुर।"

टीटी ने कानपुर की टिकिट बना कर दी। और पैसे लेकर चला गया।

वह फिर से मोबाइल में तल्लीन हो गया।

आखिर मुझसे रहा नही गया। मैंने पूछ ही लिया,"कानपुर में कहाँ रहते हो?"

वह मोबाइल में नजरें गढ़ाए हुए ही बोला, " कहीँ नही"

वह चुप हो गया तो मैं फिर बोली, "किसी काम से जा रहे हो"

वह बोला, "हाँ"

अब मै चुप हो गई। वह अजनबी की तरह बात कर रहा था और अजनबी से कैसे पूछ लूँ किस काम से जा रहे हो।

कुछ देर चुप रहने के बाद फिर मैंने पूछ ही लिया, "वहां शायद आप नौकरी करते हो?"

उसने कहा,"नही"

मैंने फिर हिम्मत कर के पूछा "तो किसी से मिलने जा रहे हो?"

वही संक्षिप्त उत्तर ,"नही"

आखरी जवाब सुनकर मेरी हिम्मत नही हुई कि और भी कुछ पूछूँ। अजीब आदमी था । बिना काम सफर कर रहा था।

मैं मुँह फेर कर अपने मोबाइल में लग गई।

कुछ देर बाद खुद ही बोला, " ये भी पूछ लो क्यों जा रहा हूँ कानपुर?"

मेरे मुंह से जल्दी में निकला," बताओ, क्यों जा रहे हो?"

फिर अपने ही उतावलेपन पर मुझे शर्म सी आ गई।

उसने थोड़ा सा मुस्कराते हुवे कहा, " एक पुरानी दोस्त मिल गई।

जो आज अकेले सफर पर जा रही थी। फौजी आदमी हूँ। सुरक्षा करना मेरा कर्तव्य है ।

अकेले कैसे जाने देता। इसलिए उसे कानपुर तक छोड़ने जा रहा हूँ। "

इतना सुनकर मेरा दिल जोर से धड़का। नॉर्मल नही रह सकी मैं।

मग़र मन के भावों को दबाने का असफल प्रयत्न करते हुए मैने

हिम्मत कर के फिर पूछा, " कहाँ है वो दोस्त?"

कमबख्त फिर मुस्कराता हुआ बोला," यहीं मेरे पास बैठी है ना"

इतना सुनकर मेरे सब कुछ समझ मे आ गया। कि क्यों उसने टिकिट नही लिया।

क्योंकि उसे तो पता ही नही था मैं कहाँ जा रही हूं। सिर्फ और

सिर्फ मेरे लिए वह दिल्ली से कानपुर का सफर कर रहा था।

जान कर इतनी खुशी मिली कि आंखों में आंसू आ गए।

दिल के भीतर एक गोला सा बना और फट गया। परिणाम में आंखे तो भिगनी ही थी।

बोला, "रो क्यों रही हो?"

मै बस इतना ही कह पाई," तुम मर्द हो नही समझ सकते"

वह बोला, " क्योंकि थोड़ा बहुत लिख लेता हूँ इसलिए एक कवि और लेखक भी हूँ।

सब समझ सकता हूँ।"

मैंने खुद को संभालते हुए कहा "शुक्रिया, मुझे पहचानने के लिए

और मेरे लिए इतना टाइम निकालने के लिए"

वह बोला, "प्लेटफार्म पर अकेली घूम रही थी।

कोई साथ नही दिखा तो आना पड़ा। कल ही रक्षा बंधन था।

इसलिए बहुत भीड़ है। तुमको यूँ अकेले सफर नही करना चाहिए।"

"क्या करती, उनको छुट्टी नही मिल रही थी। और भाई यहां

दिल्ली में आकर बस गए। राखी बांधने तो आना ही था।" मैंने मजबूरी बताई।

"ऐसे भाइयों को राखी बांधने आई हो जिनको ये भी फिक्र

नही कि बहिन इतना लंबा सफर अकेले कैसे करेगी?"

"भाई शादी के बाद भाई रहे ही नही। भाभियों के हो गए। मम्मी पापा रहे नही।"

कह कर मैं उदास हो गई।

वह फिर बोला, "तो पति को तो समझना चाहिए।"

"उनकी बहुत बिजी लाइफ है मैं ज्यादा डिस्टर्ब नही करती।

और आजकल इतना खतरा नही रहा। कर लेती हुँ मैं अकेले सफर।

तुम अपनी सुनाओ कैसे हो?"

"अच्छा हूँ, कट रही है जिंदगी"

"मेरी याद आती थी क्या?" मैंने हिम्मत कर के पूछा।

वो चुप हो गया।

कुछ नही बोला तो मैं फिर बोली, "सॉरी, यूँ ही पूछ लिया।

अब तो परिपक्व हो गए हैं। कर सकते है ऐसी बात।"

उसने शर्ट की बाजू की बटन खोल कर हाथ मे पहना वो तांबे का कड़ा दिखाया

जो मैंने ही फ्रेंडशिप डे पर उसे दिया था। बोला, " याद तो नही आती पर कमबख्त ये तेरी याद दिला देता था।"

कड़ा देख कर दिल को बहुत शुकुन मिला। मैं बोली "कभी सम्पर्क क्यों नही किया?"

वह बोला," डिस्टर्ब नही करना चाहता था। तुम्हारी अपनी जिंदगी है और मेरी अपनी जिंदगी है।"

मैंने डरते डरते पूछा," तुम्हे छू लुँ"

वह बोला, " पाप नही लगेगा?"

मै बोली," नही छू ने से नही लगता।"

और फिर मैं कानपुर तक उसका हाथ पकड़ कर बैठी रही।।

बहुत सी बातें हुईं।

जिंदगी का एक ऐसा यादगार दिन था जिसे आखरी सांस तक नही बुला पाऊंगी।

वह मुझे सुरक्षित घर छोड़ कर गया। रुका नही। बाहर से ही चला गया।

जम्मू थी उसकी ड्यूटी । चला गया।

उसके बाद उससे कभी बात नही हुई । क्योंकि हम दोनों ने एक दूसरे के फोन नम्बर नही लिए।

हांलांकि हमारे बीच कभी भी नापाक कुछ भी नही हुआ। एक पवित्र सा रिश्ता था।

मगर रिश्तो की गरिमा बनाए रखना जरूरी था।

फिर ठीक एक महीने बाद मैंने अखबार में पढ़ा कि वो देश के लिए शहीद हो गया।

क्या गुजरी होगी मुझ पर वर्णन नही कर सकती। उसके परिवार पर क्या गुजरी होगी। पता नही,

लोक लाज के डर से मैं उसके अंतिम दर्शन भी नही कर सकी।

आज उससे मिले एक साल हो गया है आज भी रखबन्धन का दूसरा दिन है

आज भी सफर कर रही हूँ। दिल्ली से कानपुर जा रही हूं।

जानबूझकर जर्नल डिब्बे का टिकिट लिया है मैंने।

अकेली हूँ। न जाने दिल क्यों आस पाले बैठा है कि आज फिर आएगा

और पसीना सुखाने के लिए उसी खिड़की के पास बैठेगा।

एक सफर वो था जिसमे कोई #हमसफ़र था।

एक सफर आज है जिसमे उसकी यादें हमसफ़र है।

बाकी जिंदगी का सफर जारी है देखते है कौन मिलता है कौन साथ छोड़ता है...!!!

3

चाहत

एक लड़की जिसके लिए प्यार एक दुश्मन था

जब वह पढाई कर रही थी

तो फिर ऐसा क्या हुआ की वो लड़की प्यार करने लगी

कहानी है दो ऐसे पंछियों की जो प्यार के आस्मां में उड़ना चाहते थे

बात है उन दिनों की जब संजीव पहली बार कॉलेज में एडमिशन लेने गया

और वह अपना कॉलेज फॉर्म भर रहा था की बगल से आकर एक आवाज सुनाई दी

हेलो आपके पास एक्स्ट्रा पेन है

संजीव ने जैसे मुड़कर देखा तो वो मन नहिओ कर पाया और

अपना फॉर्म छोड़कर उसने पेन दे दिया और उसे देखने लगा

और इस तरह संजीव मन ही मन उसके सपने देखने लगा और

संयोग से जब क्लास पहुंचा तो वो उसे देख कर अपनी क्लास में दग रह गया

और वो उसके बगल में बैठ गया और धीरे से एक दूसरे से बात हुई

और फिर संजीव रोज बात करने का बहाना ढूंढने और धीरे धीरे वह प्रेम करने लगा

और बात है फ्रेशर पार्टी का और संजीव इंतज़ार कर रहा था की उसे प्रोपोज़ करने का टास्क मिला

और उसने तान्या को बुलाया और स्टेज पर प्रोपोज़ किया और तान्या ने मन नहीं किया

और संजीव को समझा दिया की मई यह सब नहीं कर सकती

हम केवल अच्छे दोस्त रह सकते है

लेकिन काव्या के साथ एक एक्सीयडेंट हुआ जिससे की तान्या को काव्या का देख भाल किया

काव्या संजीव की बेस्ट फ्रेंड थी और काव्य से संजीव की बात रत में घंटो होइ थी एक दिन काव्य सो गई

और कॉल चल रही थी संजीव ने दिल की बात काव्य को बता दी

और वह कॉल पे तान्या थी आखिर फिर तान्या ने संजीव से ६ महीने बात नहीं की

और फिर एक दिन संजीव ने तान्या से कहा और तान्या संजीव की बातो में आ गयी

और नई कहानी शुरू हुई इस तरह से संजीव ने तान्या के दिल में प्रेम जगा ही दिया

और दुनिया और शिकारी की नज़र से बचकर ये पंक्षी नए आसमान में उड़ने लगे,

मगर ये मोहब्बत कहा ज़माने को अच्छी लगने वाली थी ,

जैसे जैसे टाइम गुजर रहा था तनय संजीव एक दूसरे के लिए ही जीने लगे थे

उनकी मोहबत सिर्फ जिस्म तक की नहीं थी उनकी मोहबात उसमें भीगे पंछियों की तरह थी

जिसे ये पता था की हमे दुनिया में खुद को साबित कर के प्यार हासिल करना है

जैसे जैसे साल गुजरा तान्या एक मल्टीनेशनल कंपनी में प्लेस्ड हुई और

संजीव दुबई चला गया तीन साल के बाद जब संजीव आया

तब तक तान्या की सगाई होने वाली थी और तान्या ने ये बात घर वालो को बताई तो घर

वाले राज़ी हो गए और उन दोनों की शादी हो गयी

मगर शादी के दो साल हुए थे की संजीव को एक लड़की से अट्रैक्शन हो गया

उसको पाने की छह में उसने तान्या को इग्नोर करना शुरू कर दिया

और जैसे जैसे उस से नज़दीकियां बढ़ने लगी तान्या दूर होती गयी बात

उन दिनों की है जब अनामिका और संजीव एक ही ऑफिस में काम करते थे

और लेट नाईट तक काम करते करते देर हो गयी और संजीव को मौका

मिल गया घर तक छोड़ने का ,संजीव अपने दिल के अरमान पूरा करना

चाहता था उस पर जो भूत सवार था उसने अपनी हसरत बयां कर दी

अनामिका एक खुले दिल की लड़की थी उसने भी सहमति जाता दी

लेकिन उस दिन संजीव को अनामिका साड़ी में अफ़सरा लग रही थी

उसका स्लीव लेस्स ब्लाउज उसके होश उडा रहा था जैसे ही वो

आगे बढ़ा उसने रोक दिया और मना कर दिया की पहले बीवी से तलाक़

लो ,कहते है न चाहत किसी को भी अपराधी बना सकती है उसने अपनी

उस मोहब्बत को छोड़ दिया जिसे बरसों प्यार किया था और अनामिका

ने उसके साथ वो सब किया जो एक पत्नी पति को सुख देती है संजीव भी

खुश था क्यों की अनामिका को पाकर वह जन्नत जा चूका था धीरे धीरे

यही खेल चलता रहा लेकिन अनामिका डेविड के पैसे से प्यार करती थी

और डेविड बॉस था कंपनी का , और अनामिका डेविड के लिए

संजीव को छोड़ गयी और भला बुरा कह गयी ,तब संजीव को अहसास हुआ

अपनी गलती का और वो फिर तान्या को मन कर ले आया और
फिर गलती करने की सोचा भी नहीं अब संजीव तान्या के दो बच्चे भी हैं
और प्रसन्नता पूर्वक जीवन जी रहे हैं

आज के इस दौर में जब हम चाहत की बात करते हैं
तो लड़का लड़की उस रिलेशनशिप के बारे में समझ जाते
जिसमे वो सब अपने को एक दूसरे को सौंप देते हैं उन्हें पता होता है
की मेरा भविष्य में इससे कोई वास्ता नहीं लेकिन वो ऐसा करते है
बात उस दिन की है जब मई कॉलेज से हॉस्टल लौट रहा था
तो मैंने देखा की कुछ लड़के आपस में ककिसी लड़की को
लेकर बात कर रहे थे और वो भी कुछ चारित्रिक उपहास कर रहे थे
लेकिन मैंने उस लड़की उस लड़के के साथ एकांत में भी देखा जहाँ
कोई आ जा न सके तो मेरा इस मोहब्बत जैसे शब्द शर्म सी लगने लगी
हमारा युवा जाने किस ओर जा कर दिशा भ्रमित हो गया है
अगर हम, कहे की केवल लड़के दोषित हैं तो ऐसा नहीं है
हमारी लड़किया भी बराबर के दोषी हैं हमारी संस्कृति तो केवल चुनाव
में ही नज़र आती है बाकि तो पब क्लब और डांस बार में नीलम सी हो रही है
मैंने भले घर की लड़कियों को अजीव गरीब कृत्य करते देखा
की मेरा सामाजिक चल चलन से भरोसा ही उठ गया
जब शीर्षगाठ मोहब्बत को देखता या महसूस करता हूँ तो इसी तरह लिखकर सरेआम कर देता हु।

9 798885 558389

Printed by Libri Plureos GmbH in Hamburg,
Germany